TRADUÇÃO Ana Carolina Oliveira

2ª EDIÇÃO

Copyright © 1945 Tove Jansson
Copyright desta edição © 2023 Editora Yellowfante

Publicado originalmente por Schildts Förlags Ab, Finland. Todos os direitos reservados. Edição em português publicada através de acordo com Schildts & Söderströms e Vikings of Brazil Agência Literária e de Tradução Ltda.

Título original: *Småtrollen och den stora översvämningen*
Traduzido do inglês *The Moomins and the Great Flood* por Ana Carolina Oliveira

Todos os direitos reservados pela Editora Yellowfante. Nenhuma parte desta publicação poderá ser reproduzida, seja por meios mecânicos, eletrônicos, seja via cópia xerográfica, sem a autorização prévia da Editora.

EDIÇÃO GERAL
Sonia Junqueira

DIAGRAMAÇÃO
Carol Oliveira

REVISÃO
Danielle Oliveira
Lúcia Assumpção
Renata Silveira
Maria Theresa Tavares

Dados Internacionais de Catalogação na Publicação (CIP)
(Câmara Brasileira do Livro, SP, Brasil)

Jansson, Tove
 Os Moomins e o dilúvio / Tove Jansson ; ilustração Tove Jansson ; tradução Ana Carolina Oliveira. -- 2. ed. -- Belo Horizonte : Yellowfante, 2023. -- (Série Moomins ; 1)

 Título original: Småtrollen och den stora översvämningen.
 ISBN 978-65-84689-73-2

 1. Literatura infantojuvenil I. Título. II. Série.

23-144498   CDD-028.5

Índice para catálogo sistemático:
1. Literatura infantojuvenil 028.5
2. Literatura juvenil 028.5

Aline Graziele Benitez - Bibliotecária - CRB-1/3129

A **YELLOWFANTE** É UMA EDITORA DO **GRUPO AUTÊNTICA**

Belo Horizonte
Rua Carlos Turner, 420
Silveira . 31140-520
Belo Horizonte . MG
Tel.: (55 31) 3465-4500

São Paulo
Av. Paulista, 2.073 . Conjunto Nacional
Horsa I . Sala 309 . Bela Vista
01311-940 . São Paulo . SP
Tel.: (55 11) 3034-4468

www.editorayellowfante.com.br
SAC: atendimentoleitor@grupoautentica.com.br

Os Moomins e o dilúvio, primeiro livro da série Moomins, foi publicado originalmente na Finlândia, em 1945.

A autora escreveu o seguinte prefácio quando a história foi novamente publicada na Escandinávia, em 1991, depois de ter ficado fora de catálogo por muitos anos:

"Foi durante o inverno, na guerra, em 1939. O trabalho dos artistas estava parado, parecia inútil tentar pintar quadros.

Talvez por isso eu tenha sentido uma vontade repentina de escrever algo que começasse com 'Era uma vez...'

O resultado tinha de ser um conto de fadas – era inevitável –, mas eu me redimi evitando incluir príncipes, princesas e criancinhas e criando um personagem no estilo característico das histórias em quadrinhos. Dei a ele o nome de Moomintrol.

A história, que estava incompleta, ficou esquecida até 1945. Foi quando um amigo observou que ela poderia se tornar um livro infantil: 'Simplesmente acabe de escrever e ilustre, é bem possível que alguma editora a aceite'.

Achei que o título deveria ter ligação com Moomintrol e sua busca pelo pai – como na história do Capitão Grant, de Robert L. Stevenson –, mas o editor quis facilitar para o leitor e escolheu o título *Småtrollen och den stora översvämningen* [*Os pequenos trols* e o *dilúvio*; mais tarde, o livro recebeu o título atual].

A história é bastante influenciada pelos livros que eu tinha lido e adorado na infância: um pouco de Júlio Verne, um pouco de Collodi (a menina com cabelo azul), e por aí vai. E por que não?

Seja como for, aqui está meu primeiro final feliz."

Tove Jansson

---

* Trols são seres imaginários do folclore da Escandinávia. Ora são descritos como seres horrendos, gigantes, como os ogros, ora como seres muito pequenos, como os goblins. [N.E.]

GALERIA DOS MOOMINS

Aqui estão alguns dos personagens que você vai encontrar neste livro.

Moomintrol, ou Moomin, para os amigos
Tão inocente quanto entusiasmado, é também ingênuo e muito amável.

Moomin Mãe
O centro da família, extremamente correta e de cabeça aberta.

Moomin Pai
Contador de histórias, sonhador, muito leal à família e aos amigos.

Criaturinha
Um amigo adotivo da família cujo interesse principal é conseguir riquezas, como pedras preciosas.

Devia ser final de tarde, em um dia no fim de agosto, quando Moomintrol – Moomin, para os amigos – e sua mãe chegaram ao centro da grande floresta. Estava tão silencioso e escuro no meio das árvores que parecia que a noite já tinha caído. Aqui e ali, flores gigantes cresciam, brilhando com uma luz singular, como lâmpadas trêmulas; e mais longe, entre as sombras, moviam-se pequenos pontos de um verde frio.

– Minhocas brilhantes – disse Moomin Mãe. Mas eles não tinham tempo para parar e dar uma olhada melhor nelas. Estavam procurando um lugar quente e aconchegante onde

pudessem construir uma casa para se esconderem quando o inverno chegasse. Os Moomins não suportam o frio, por isso a casa teria de estar pronta no máximo até outubro.

Assim, continuaram a caminhar, penetrando cada vez mais no silêncio e na escuridão. Moomin começou a ficar aflito e perguntou à mãe, num sussurro, se ela achava que havia alguma criatura perigosa por ali.

– Acho que não – ela respondeu –, mas talvez a gente deva ir um pouco mais rápido, só pra garantir. De qualquer maneira, espero que sejamos pequenos demais pra nos notarem, no caso de alguém perigoso aparecer.

De repente, Moomin agarrou com força o braço da mãe.

– Olhe! – exclamou, com tanto medo que seu rabo ficou espetado. De trás da sombra do tronco de uma árvore, dois olhos os encaravam.

A princípio, Moomin Mãe também ficou com medo, mas em seguida disse suavemente:

– Na verdade, é uma criatura pequenininha. Espere, vou iluminá-la. Tudo parece mais assustador no escuro, sabe?

Então, pegou uma das grandes flores brilhantes e iluminou a sombra com ela. E eles viram que realmente havia uma pequena criatura sentada lá, e ela parecia amigável e um pouco amedrontada.

– Aí, está vendo? – perguntou Moomin Mãe.
– Que tipo de ser vocês são? – perguntou a criaturinha.*
– Sou um moomintrol – respondeu Moomin, que tinha tido tempo para juntar

---

* Em livros posteriores, a criaturinha foi batizada de Sniff. [N.E.]

coragem novamente. – E esta é minha mãe. Espero que não tenhamos perturbado você (você pode perceber que a mãe o tinha ensinado a ser educado).

– De jeito nenhum – disse a criaturinha. – Estava sentada aqui, me sentindo solitária e querendo companhia. Vocês estão com muita pressa?

– Estamos – disse a mãe. – Sabe, estamos procurando um lugar ensolarado e agradável pra construirmos uma casa. Mas talvez você queira vir conosco.

– Quero sim! – exclamou a criaturinha, pulando na direção deles. – Eu me perdi e pensei que nunca mais veria o sol!

E os três continuaram juntos, levando uma grande tulipa para iluminar o caminho. Mas a escuridão ao redor só aumentava e as flores brilhavam mais fraco debaixo das árvores, até que a última se apagou. Diante deles cintilava um curso de água turva, e o ar estava pesado e frio.

– Oh, que horror – disse a criaturinha. – É o pântano. Não tenho coragem de ir lá.

– Por que não? – perguntou Moomin Mãe.

– Porque é lá que vive a Grande Serpente – disse a pequena criatura bem baixinho, olhando em torno.

– BU! – gritou Moomin, querendo mostrar como era corajoso. – Somos tão pequenos que nem seríamos notados. Como vamos conseguir encontrar a luz do sol, se não tivermos coragem de atravessar o pântano? Venha conosco!

– Talvez só um pedaço do caminho... – disse a criaturinha. – Mas tenham cuidado. A responsabilidade é toda de vocês!

Assim, os três começaram a dar longos passos de touceira em touceira, fazendo o mínimo de barulho possível. A lama preta borbulhava e murmurava ao redor deles, mas, enquanto a luz da tulipa estivesse acesa, podiam ficar tranquilos. A certa altura, Moomin escorregou e quase caiu no pântano, mas sua mãe conseguiu segurá-lo no último segundo.

– Temos que ir de barco – ela concluiu. – Agora seus pés estão encharcados. Você com certeza vai pegar um resfriado. – Em seguida, tirou da bolsa um par de meias secas para ele e carregou os dois, Moomin e a criaturinha, até uma folha de vitória-régia grande e redonda.

Os três mergulharam os rabos na água, como se fossem remos, e navegaram direto para dentro do pântano. Abaixo deles, criaturas sombrias nadavam entre as raízes das árvores, e havia sons de mergulhos e de água se espalhando, com respingos que voavam até os três. De repente, a criaturinha exclamou:

– Quero ir pra casa agora!
– Não tenha medo – disse Moomin, com a voz trêmula. – Vamos cantar uma canção alegre e...

Naquele exato momento, sua tulipa se apagou, e tudo ficou completamente escuro. E, dentro da escuridão, ouviram um chiado e sentiram a vitória-régia se sacudir para cima e para baixo.

– Rápido, rápido! – gritou Moomin Mãe. – A Grande Serpente está vindo!

Mergulharam os rabos ainda mais fundo e remaram com tanta força que a água esguichava ao redor da folha. Agora, já podiam ver a Serpente nadando atrás deles. Ela parecia má, e seus olhos eram amarelos e cruéis.

Remavam o mais rápido que conseguiam, mas a danada continuava se aproximando e já estava abrindo a boca, com uma língua longa e ondulante. Moomin pôs as mãos sobre os olhos e gritou:

– Mamãe! – e ficou esperando ser comido. Mas nada aconteceu. Então, ele olhou cuidadosamente por entre os dedos.

Algo muito impressionante tinha acontecido: a tulipa estava brilhando de novo. Suas pétalas tinham se aberto e, no centro delas, havia uma menina com um cabelo azul vivo que ia até seus pés.

A tulipa brilhava cada vez mais forte. A Serpente começou a piscar e, de repente, virou-se com um chiado raivoso e deslizou de volta para a lama.

Moomin, sua mãe e a criaturinha estavam tão entusiasmados e surpresos que, por um longo tempo, não conseguiram dizer nada.

Finalmente, Moomin Mãe disse, séria:

– Muito obrigada por sua ajuda, encantadora senhorita.

E Moomin fez a maior reverência que já tinha feito, pois aquela era a coisa mais bonita que tinha visto na vida.

– Você estava dentro da flor esse tempo todo? – perguntou a criaturinha, tímida.

– É a minha casa – a menina respondeu. – Podem me chamar de Tulipa.

Depois, remaram devagar até o outro lado do pântano. Lá as samambaias eram espessas, e Moomin Mãe fez um ninho para dormirem debaixo delas. Moomin deitou-se pertinho da mãe, ouvindo o cantarolar dos sapos dentro do pântano. A noite era cheia de barulhos estranhos e melancólicos, e ele demorou muito para pegar no sono.

Na manhã seguinte, Tulipa caminhou à frente dos outros, e seu cabelo azul brilhava como uma lanterna natural. O trajeto estava cada vez mais íngreme, e a montanha foi ficando tão alta que eles já não conseguiam ver onde ela acabava.

– Espero que tenha luz do sol lá em cima – disse a criaturinha, saudosa. – Estou com tanto frio!

– Eu também – concordou Moomin. E espirrou.

– O que foi que eu disse? – reclamou sua mãe. – Agora você está resfriado. Por favor, sentem-se aqui, vou fazer uma fogueira.

Juntou um monte de galhos secos e pôs fogo com uma faísca do cabelo azul da Tulipa. Os quatro ficaram sentados, olhando para o fogo, enquanto Moomin Mãe contava histórias. Ela contou como eram as coisas quando era pequena, quando os moomintrols não precisavam viajar por florestas e pântanos perigosos para encontrar um lugar para morar.

Naquele tempo, eles viviam com os trols de casa,* nos lares das pessoas, normalmente atrás de seus aquecedores a gás. – Alguns de nós ainda vivem lá, com certeza – disse Moomin Mãe. – Mas só onde ainda há aquecedores, claro. O aquecimento central não é bom pra nós.

---

* Na mitologia nórdica, trols são criaturas mágicas, com habilidades especiais, e há vários tipos deles, como o trol de casa, o das cavernas, o do mar, o das neves... (N. E.)

– As pessoas sabiam que estávamos lá? – perguntou Moomin.

– Algumas sabiam – respondeu a mãe. – Na maioria das vezes, elas nos sentiam como um vento frio em sua nuca quando estavam sozinhas.

– Conte alguma coisa sobre Moomin Pai – pediu o filho.

– Ele era um moomintrol diferente – lembrou a mãe, pensativa e triste. – Estava sempre querendo mudar de um aquecedor pra outro. Nunca estava feliz onde estava. E um dia, desapareceu, partiu com os amperinos, os pequenos viajantes.

– Que tipo de povo eles são? – perguntou a criaturinha.

– Uma espécie de pequenos trols – explicou Moomin Mãe. – São quase sempre invisíveis. Às vezes, podem ser encontrados debaixo do chão das casas e, quando tudo fica silencioso, à noite, é possível ouvi-los andando de um lado para outro. Mas normalmente viajam pelo mundo, sem ficar muito tempo em nenhum lugar, nem se preocupar com coisa alguma. Você nunca sabe se os amperinos estão felizes ou bravos, tristes ou assustados. Tenho quase certeza de que não têm qualquer tipo de sentimento.

– E Moomin Pai virou um amperino? – perguntou Moomin.

– Não, claro que não! – respondeu sua mãe. – Com certeza eles o convenceram a segui-los, é fácil imaginar isso.

– E se um dia nos encontrássemos com ele? – exclamou Tulipa. – Ele ficaria contente, não?

– Claro – respondeu Moomin Mãe. – Mas não acho que isso possa acontecer. – E chorou. E foi tudo tão triste que todos começaram a soluçar e, enquanto choravam, lembraram-se de muitas outras coisas que também eram tristes, o que os fez chorar mais ainda. O cabelo de Tulipa ficou pálido de tristeza e perdeu todo o brilho. Estavam assim havia um bom tempo quando, de repente, uma voz séria ressoou:

– Por que vocês estão gemendo aí embaixo?

Os quatro pararam de uma vez e olharam em volta, mas não conseguiram descobrir quem estava falando.

Enquanto isso, uma escada de corda descia balançando pela montanha. Lá no alto, um senhor idoso pôs a cabeça para fora de uma porta na pedra:

– E então?

– Sentimos muito – disse Tulipa, com uma reverência. – Mas sabe, senhor, é uma história muito triste. Moomin Pai desapareceu, e estamos congelando, e não conseguimos ultrapassar esta montanha pra encontrar o sol, e não temos onde morar!

– Entendo – respondeu o velho cavalheiro. – É melhor subirem pra minha casa, então. Minha luz do sol é a melhor que podem imaginar.

Foi bem difícil subir a escada de corda, especialmente para Moomin e sua mãe, pois tinham pernas curtas demais.

– Agora, limpem os pés – pediu o velho senhor, e puxou a corda atrás deles. Depois, fechou a porta com cuidado, para que nada de perigoso pudesse se esgueirar para dentro. Todos subiram numa escada rolante que os levou direto para o interior da montanha.

Têm certeza de que podemos confiar nesse senhor? – sussurrou a criaturinha. – Lembrem-se: a responsabilidade é toda de vocês. – Em seguida se encolheu o máximo que pôde e se escondeu atrás de Moomin Mãe.

Logo, uma luz forte brilhou na direção deles, e a escada rolante os levou até uma paisagem maravilhosa. As árvores cintilavam com várias cores e eram cheias de frutas e flores que eles nunca tinham visto, e debaixo delas, na grama, havia brilhantes flocos de neve.

– Oba! – gritou Moomin, e correu para fazer uma bola de neve.

– Cuidado! Está frio! – avisou a mãe. Mas quando passou a mão na neve, Moomin percebeu que não era neve, e sim sorvete. E a grama verde que demarcava o caminho debaixo de seus pés era feita de açúcar refinado. Cruzando-se pelos campos, corriam riachos de toda cor, espumando e borbulhando sobre a areia dourada.

– Limonada verde! – gritou a criaturinha, que tinha parado para beber. – E não é água mesmo, é limonada!

Moomin Mãe correu para outro riacho, todo branco, já que sempre tinha adorado leite (a maioria dos moomintrols adora leite, pelo menos quando ficam um pouco mais velhos). Tulipa foi de árvore em árvore, colhendo braçadas de chocolates e doces; e, assim que colhia uma das frutas brilhantes, outra logo nascia.

Eles se esqueceram de suas tristezas e correram cada vez mais para dentro do jardim encantado. O velho cavalheiro os seguia devagar e parecia muito contente com o encanto e a admiração dos quatro.

– Fui eu que fiz tudo isso – disse. – O sol também. – E quando eles olharam para o sol, notaram que não era o Sol de verdade, mas um abajur grande com umas franjas de papel dourado.

– Estou vendo – disse a criaturinha, desapontada. – Achei que fosse o Sol de verdade. Agora vejo que este tem uma luz um pouco diferente.

– Bem, foi o melhor que pude fazer – disse o senhor, ofendido. – Mas gostaram do jardim, não?

— Ah, claro! — respondeu Moomin Mãe, com a boca cheia de pedrinhas (elas eram feitas de marzipã).

— Se quiserem ficar aqui, vou construir uma casa de doces pra vocês morarem — ofereceu o velho senhor. — Às vezes, fico um pouco entediado, sozinho aqui.

— Isso seria ótimo — respondeu Moomin Mãe — mas, se não se importa, precisamos ir. Estamos querendo construir uma casa debaixo do sol de verdade, entende?

— Não, não, vamos ficar! — gritaram Moomin, a criaturinha e Tulipa.

— Bem, crianças — disse Moomin Mãe. — Vamos esperar e ver. — E se deitou para dormir debaixo de um arbusto de chocolate.

Quando acordou, ouviu um terrível gemido e percebeu que era seu Moomin, que estava com dor de barriga (moomins têm dor de barriga com muita facilidade). A dele estava bastante inchada, por causa do tanto de coisa que ele tinha comido, e doía terrivelmente. Ao lado de Moomin, estava sentada a criaturinha, com dor de dente por causa do tanto de doces que tinha comido, e gemia mais ainda.

Moomin Mãe não xingou, só pegou dois remédios na bolsa, deu um para cada um e depois perguntou para o velho cavalheiro se ele não tinha uma piscina de mingau quentinho.

– Infelizmente, não – ele respondeu. – Mas tenho uma de chantilly e uma de geleia.

– Ah – disse Moomin Mãe. – Como o senhor pode ver, eles precisam é de uma boa comida quente. Onde está Tulipa?

– Ela disse que não consegue dormir, porque o sol nunca se põe – respondeu ele, triste. – Sinto muitíssimo que vocês não tenham gostado daqui.

– Nós voltaremos – Moomin Mãe o consolou. – Mas, agora, preciso garantir que cheguemos ao ar fresco novamente.

Deu uma mão para Moomin, a outra para a criaturinha e chamou Tulipa.

– É melhor pegarem a ferrovia das voltas – explicou o senhor, educadamente. – Ela vai direto através da montanha e sai no meio da luz do Sol.

– Obrigada – disse Moomin Mãe. – Então, tchau.

– Tchau – disse Tulipa (Moomin e a criaturinha não conseguiram dizer nada, de tanto que estavam passando mal).

– Não há de quê – disse o velho cavalheiro.

E os quatro pegaram a ferrovia das voltas, através da grande montanha, a uma velocidade vertiginosa. Quando saíram do outro lado, estavam bastante tontos e se sentaram no chão por um bom tempo até se recuperarem. Em seguida, olharam em volta.

Diante deles estava o oceano, brilhando sob o sol. – Quero ir nadar! – gritou Moomin, que já se sentia bem de novo.

— Eu também – disse a criaturinha, e os dois correram até o raio de sol na água. Tulipa prendeu o cabelo, seguiu-os e entrou no mar com muita cautela.

— Ui, está tão fria! – exclamou.

— Não fiquem aí dentro por muito tempo – gritou Moomin Mãe. E se deitou para tomar sol, pois ainda estava bem cansada.

De repente, uma formiga-leão apareceu, passeando pela areia. Parecia muito zangada e foi logo dizendo:

— Esta é minha praia! Vocês têm que ir embora!

— Claro que não temos – respondeu Moomin Mãe. – E pronto!

Então, a formiga-leão começou a chutar areia em seus olhos; chutou até Moomin Mãe não conseguir mais ver nada. A formiga foi chegando cada vez mais perto, até que começou a cavar um grande buraco na areia em torno de si mesma.

No final, só dava para ver seus olhos no fundo do buraco; e, durante todo esse tempo, continuava a jogar areia em Moomin Mãe, que começou a escorregar para dentro do buraco, e tentava desesperadamente escalar de volta para a beirada.

– Socorro! Socorro! – gritou a mãe, cuspindo areia. – Me ajudem!

Moomin ouviu os gritos e saiu correndo da água. Conseguiu agarrar as orelhas da mãe e puxou-a com toda a sua força, enquanto xingava a formiga-leão com os nomes mais grosseiros. A criaturinha e Tulipa também vieram ajudar e, finalmente, conseguiram arrastar

Moomin Mãe para a beirada do buraco, e ela foi salva (a formiga-leão continuou a afundar, por pura birra, e ninguém sabe se conseguiu achar o caminho de volta).

Demoraram muito para conseguir tirar a areia dos olhos e se acalmar. Mas, a essa altura, já tinham perdido a vontade de nadar e decidiram andar pelo litoral, para procurar um barco. O sol já estava se pondo, e, atrás do horizonte, nuvens negras ameaçadoras se acumulavam. Parecia que uma tempestade se aproximava. De repente, viram algo se movendo mais à frente, ao longo da costa.

Era um amontoado de pequenas criaturas pálidas empurrando um barco à vela. Moomin Mãe olhou para elas por muito tempo e depois gritou:

– Aqueles são os viajantes! São os amperinos! – E começou a correr na direção deles o mais rápido que podia. Quando Moomin, a criaturinha e Tulipa chegaram lá, Moomin Mãe estava de pé no meio dos amperinos (que batiam na sua cintura), conversando, fazendo perguntas e balançando os braços, muito agitada. Estava perguntando se eles realmente não tinham visto Moomin Pai, mas as pequenas criaturas só olhavam para ela por um instante, com seus olhos sem cor, e continuavam a empurrar o barco em direção à água.

– Oh, não! – exclamou Moomin Mãe. – Estava com tanta pressa que esqueci que eles não falam nem ouvem nada! – Então, desenhou na areia um lindo moomintrol e, ao seu lado, uma interrogação. Mas os amperinos não estavam nem aí para ela: tinham conseguido pôr o barco no mar e estavam ocupados demais, içando as velas (outra possibilidade é que eles não tenham entendido o que ela quis dizer, pois amperinos são muito burros).

Agora o acúmulo de nuvens negras era grande, e as ondas começavam a se agitar no mar.

– Não temos escolha, temos de ir com eles – concluiu Moomin Mãe. – O litoral está sombrio e deserto, e não estou com a mínima vontade de encontrar outra formiga-leão. Pulem no barco, crianças!

– Bem, a responsabilidade não é minha! – resmungou a criaturinha, mas mesmo assim subiu a bordo depois dos outros. O barco navegou mar adentro, com um amperino no leme. O céu estava cada vez mais escuro, havia espuma branca no topo das ondas e, ao longe, trovões ressoavam. Ao se agitar na ventania, o cabelo de Tulipa brilhava com uma luz bem fraca.

– Agora estou com medo de novo – choramingou a criaturinha. – Estou quase me arrependendo de ter vindo com vocês.

– BU! – disse Moomin, mas logo perdeu a vontade de dizer qualquer outra coisa e se encolheu ao lado da mãe. De tempos em tempos, uma onda maior do que todas as outras vinha e rebentava no casco. O barco seguia com as velas esticadas, a uma velocidade louca. Às vezes, viam sereias dançando na crista das ondas; às vezes, um cardume inteiro de pequenos trols do mar. Um trovão ressoou mais alto, e o raio atravessou o céu.

– Agora, também estou enjoada – reclamou a criaturinha, e vomitou, enquanto Moomin Mãe segurava sua cabeça. O sol já tinha se posto há muito tempo, mas, com o clarão do raio, eles notaram que um trol do mar tentava acompanhar o barco.

– Olá, você aí! – gritou Moomin, através da tempestade, para mostrar que não estava com medo.

– Olá! Olá! – respondeu o trol do mar. – Vocês parecem ser da família.

– Talvez sejamos – gritou Moomin, educado (mas pensou que talvez fossem de uma família bem distante, porque os moomintrols são uma espécie muito mais refinada que os trols do mar).

– Pule no barco – Tulipa o convidou –, senão vai ficar pra trás!

O trol do mar deu um salto sobre a borda do barco e chacoalhou a água do corpo, como um cachorro.

– Que tempo maravilhoso! – disse. – Pra onde estão indo?

– Pra qualquer lugar, contanto que seja terra firme – murmurou a criaturinha, cujo rosto estava esverdeado por causa do enjoo.

– Nesse caso, é melhor que eu assuma o leme por um tempo – disse o trol do mar. – Se continuarem nesse rumo, vão direto pro alto-mar.

Assim, tomou o lugar do amperino na direção e fez o barco mudar de curso. Foi estranho como as coisas ficaram mais fáceis, agora que o moomin do mar estava com eles. O barco dançava e às vezes dava grandes saltos sobre o pico das ondas.

A criaturinha foi ficando cada vez mais alegre, e Moomin gritava de felicidade. Só os amperinos continuavam sentados, com o olhar fixo no horizonte. Não se importavam com coisa alguma, exceto viajar de um lugar para outro.

– Conheço um ótimo porto – disse o trol do mar. – Mas sua entrada é tão estreita que só marinheiros experientes como eu conseguem chegar lá – riu alto e fez o barco dar um salto vigoroso sobre as ondas. Logo, avistaram terra firme surgindo no mar, sob os raios. Moomin Mãe achou aquele lugar muito selvagem e assustador.

– Há alguma coisa pra comer lá? – perguntou.

– Há tudo o que quiser – respondeu o trol do mar. – Segurem-se, pois agora vamos navegar direto pro porto!

Nesse instante, o barco se precipitou em um desfiladeiro negro, com a tempestade uivando entre as enormes montanhas. O mar formava uma espuma branca contra os penhascos, e parecia que o barco estava mergulhando na direção exata deles. Mas ele voou, leve como um pássaro, para um grande porto onde a água transparente era calma e verde como uma lagoa.

– Que alívio! – disse Moomin Mãe, pois não estava confiando muito no trol do mar. – Realmente, este lugar parece agradável.

– Acho que é uma questão de gosto – disse o trol do mar. – Prefiro quando uma tempestade

está caindo. É melhor eu ir andando, antes que as ondas fiquem menores.

Saiu dando cambalhotas até cair no mar e foi embora.

Quando viram a terra desconhecida, os amperinos se alegraram: alguns começaram a abaixar as velas, outros lançaram as âncoras e remaram avidamente em direção à costa verde e florida. O barco aportou em um campo coberto de flores silvestres, e Moomin saltou em terra firme com a corda de amarração.

– Agora, façam uma reverência e agradeçam aos amperinos pela viagem – pediu Moomin Mãe.

Moomin fez uma grande reverência, e a criaturinha abanou o rabo, em sinal de gratidão.

– Muito obrigada – disseram Moomin Mãe e Tulipa, fazendo uma reverência até o chão. Mas quando todos voltaram a olhar para cima, os amperinos já tinham ido embora.

– Imagino que tenham ficado invisíveis – disse a criaturinha. – Povo engraçado!

Os quatro caminharam entre as flores. O sol já estava nascendo, e o orvalho brilhava e cintilava.

– Este é o lugar onde quero morar – disse Tulipa. – Estas flores são ainda mais bonitas do que minha antiga tulipa. Além disso, meu cabelo nunca combinou muito bem com ela.

– Olhem, uma casa feita de ouro de verdade! – gritou a criaturinha de repente, apontando para a frente. No meio do campo, havia uma torre com uma longa fileira de janelas, nas quais o sol se refletia. O andar mais alto era todo de vidro, e a luz do sol brilhava nele como ouro incandescente.

– Quem será que mora lá? – perguntou Moomin Mãe. – Talvez seja muito cedo pra acordá-los.

– Mas estou morrendo de fome – disse Moomin.

– Eu também! Eu também! – concordaram a criaturinha e Tulipa.

Os três olharam para Moomin Mãe.
– Bem, está certo, então.
Ela foi até a torre e bateu à porta.
Após um breve momento, uma janelinha se abriu na porta, e um menino com o cabelo muito ruivo olhou para fora.
– Vocês são náufragos? – perguntou.
– Mais ou menos – respondeu Moomin Mãe. – Mas, com certeza, estamos com fome.
O menino logo abriu a porta e convidou-os a entrar. Quando avistou Tulipa, fez uma grande reverência, pois nunca tinha visto um cabelo azul tão maravilhoso. Tulipa fez uma reverência à altura, pois achou o cabelo ruivo dele simplesmente encantador. Depois, todos o seguiram pela escada em espiral que levava

até o andar de vidro, de onde puderam ver o mar em todas as direções. No meio da sala, no alto da torre, havia uma mesa sobre a qual uma enorme tigela fervilhante de cozido do mar esperava por eles.

– Aquilo é realmente pra nós? – perguntou Moomin Mãe.
– Claro – respondeu o menino. – Fico vigiando daqui, quando tem uma tempestade no mar, e todos os que se refugiam no meu porto são convidados para o cozido do mar. Sempre foi assim.
Sentaram-se em volta da mesa e pouco tempo depois a vasilha estava completamente vazia (a criaturinha, que nem sempre tinha

boas maneiras, tinha levado a tigela para debaixo da mesa e a lambido até ela ficar limpa).

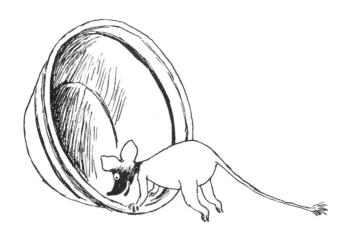

– Agradecemos imensamente – disse Moomin Mãe. – Você já deve ter convidado muita gente pra vir aqui e comer cozido do mar, imagino.

– Ah, sim – disse o menino. – Povos de toda parte do mundo: snufkins, fantasmas do mar, monstrinhos e monstrões, snorks e hemulens. E também estranhos tamboris.

– Será que, por acaso, não viu nenhum moomin? – perguntou Moomin Mãe. Estava tão animada que sua voz falhou.

– Sim, um – respondeu o menino. – Foi depois do ciclone, na segunda-feira passada.

– Não pode ter sido Moomin Pai... ou pode? – gritou Moomin Mãe. – Ele ficava colocando o rabo no bolso?

– Na verdade, sim, ficava – respondeu o menino. – Lembro-me perfeitamente, porque era muito engraçado.

Com isso, Moomin e sua mãe ficaram tão felizes, mas tão felizes, que caíram nos braços um do outro, e a criaturinha começou a pular e a gritar "vivas".

– Pra onde ele foi? – perguntou Moomin Mãe. – Ele disse alguma coisa em especial? Onde ele está? Como ele estava?

– Bem – respondeu o menino. – Ele pegou a estrada para o Sul.

– Então, precisamos ir atrás dele imediatamente – disse Moomin Mãe. – Talvez a gente consiga alcançá-lo. Depressa, crianças. Onde está minha bolsa? – E desceu tão rápido a escada em espiral que os outros quase não conseguiram acompanhá-la.

– Esperem! – gritou o menino. – Esperem um pouco!

Ele os alcançou na porta:

– Por favor, desculpe-nos por não nos despedirmos direito – disse Moomin Mãe, pulando para cima e para baixo, impaciente. – Mas... sabe...

– Não, não é isso – disse o menino, e seu rosto ficou tão vermelho quanto seu cabelo. – Só pensei que talvez, por acaso...

– Bem, desembuche – pediu Moomin Mãe.

– Tulipa – disse o menino. – Bela Tulipa, creio que você não gostaria de ficar aqui comigo... gostaria?

– Com prazer – Tulipa respondeu prontamente, feliz. – Todo o tempo que estava sentada lá em cima, fiquei pensando como meu cabelo brilharia pros marinheiros em sua torre de vidro... E faço um ótimo cozido do mar... – Mas, aí, ficou aflita e olhou para Moomin Mãe. – Claro que também gostaria muito de ajudar vocês... – emendou.

– Oh, tenho certeza de que podemos dar um jeito – garantiu Moomin Mãe. – Mandaremos uma carta pra vocês contando o que aconteceu.

Trocaram abraços, e Moomin seguiu seu caminho em direção ao Sul, com a mãe e a criaturinha. Durante todo o dia, andaram pela região florida, que Moomin gostaria de poder explorar sozinho. Mas sua mãe estava com muita pressa e não o deixava parar.

– Vocês já viram árvores tão engraçadas? – perguntou a criaturinha a certa altura. – Com troncos tão enormemente altos e pequenos ramos no topo? Parecem tão bobas...

51

– Boba é você – disse Moomin Mãe, que estava nervosa. – São palmeiras e têm sempre essa aparência.

– Não está mais aqui quem falou! – retrucou a criaturinha, ofendida.

Mais para o final da tarde, tinha esquentado muito.

As plantas murcharam, e o sol se pôs com uma sinistra luz vermelha. Apesar de gostarem muito de calor, os moomins se sentiam bastante fracos e teriam gostado de descansar debaixo de um dos grandes cactos que cresciam por toda parte. Mas Moomin Mãe não ia parar até que encontrasse algum sinal de Moomin Pai. Continuaram seu caminho, mesmo já estando quase de noite, sempre em direção ao Sul.

De repente, a criaturinha parou, atenta: – Que barulho é esse?

Era um sussurro e um farfalhar no meio das folhas.

– É só a chuva – disse Moomin Mãe. – Temos de nos esconder debaixo dos cactos, de qualquer jeito.

Choveu a noite inteira, e, de manhã, uma tempestade horrorosa ainda caía. Quando eles olharam para fora, tudo estava cinza e melancólico.

– Não adianta, temos de continuar – disse Moomin Mãe. – Mas tenho aqui uma coisa pra vocês, que guardei pra quando fosse realmente necessária.

E tirou da bolsa uma grande barra de chocolate, que tinha trazido do jardim maravilhoso do velho senhor. Partiu-a em dois pedaços e deu um para cada.

– E você? Não vai comer um pouco? – perguntou Moomin.

– Não – respondeu a mãe. – Não gosto de chocolate.

Em seguida, voltaram a caminhar sob a tempestade. Andaram durante todo aquele dia e o seguinte também. Alguns inhames encharcados e um ou dois figos foi tudo o que encontraram para comer.

No terceiro dia, choveu ainda mais do que nos outros, e cada pequeno riacho tinha se transformado em uma cachoeira. Ficava cada vez mais difícil avançar: a água continuava subindo, e, por fim, eles tiveram de subir em uma pedra para não serem levados pela correnteza. Ficaram ali, sentados, observando os redemoinhos apressados chegarem cada vez mais perto deles e sentindo o frio aumentar. Boiando por toda parte, havia móveis, casas e grandes árvores que a enchente tinha carregado.

– Acho que quero ir pra casa! – choramingou a criaturinha, mas ninguém a ouviu, tinham avistado algo estranho dançando e rodopiando na água, em direção a eles.

– São náufragos! – gritou Moomin, que tinha olhos de lince. – Uma família inteira! Mamãe, temos de socorrê-los!

O objeto que se balançava na direção deles era uma cadeira estofada; às vezes, ela ficava presa em algum topo de árvore que apontava na água, mas logo era solta pela correnteza e continuava à deriva. Sobre a cadeira, estava uma gata molhada e cinco gatinhos, também molhados, bem grudados nela.

– Coitada da mãe! – gritou Moomin Mãe, e pulou na água, que batia em sua cintura. – Me segure, vou tentar pegá-los com meu rabo!

Moomin agarrou firme a mãe; a criaturinha estava tão agitada que não conseguiu fazer nada. Agora, a cadeira rodopiava na frente deles. Como um raio, Moomin Mãe deu um nó no rabo em volta de um dos braços da cadeira e puxou.

– Hur-ra! – gritou.

– Hur-ra! – gritou Moomin.

– Hur-ri! – chiou a criaturinha. – Segure firme aí!

Devagar, a cadeira foi balançando para perto da pedra e logo uma onda oportuna veio e carregou-a para terra firme. A gata pegou seus gatinhos pela nuca, um por um, e os pôs em fila para secá-los.

– Obrigada por sua bondosa ajuda – disse. – Essa foi a pior coisa que já me aconteceu. Foi uma catástrofe!

E começou a lamber seus filhotes.

– Acho que o tempo está clareando – disse a criaturinha, que queria fazê-los pensar em outra coisa (estava constrangida porque não tinha conseguido ajudar no salvamento).

E era verdade: as nuvens começavam a se separar; um raio de sol atravessou até a terra, depois outro, e de repente o sol estava brilhando na enorme e borbulhante superfície de água.

– Viva! – gritou Moomin. – Agora tudo vai ficar bem, vocês vão ver!

Uma leve brisa bateu, espantou as nuvens e balançou as copas das árvores, pesadas da chuva. As águas agitadas se acalmaram. Em algum lugar, um pássaro começou a gorjear, e a gata ronronou ao sol.

— Agora podemos continuar — disse Moomin Mãe, firme. — Não temos tempo pra esperar a água baixar. Subam na cadeira, crianças, vou empurrá-la pra dentro do lago.
— Eu vou ficar aqui — disse a gata, e bocejou. — Não devemos fazer confusão desnecessária. Quando o chão estiver seco, volto pra casa.

E seus cinco gatinhos, que tinham se recuperado ao sol, se sentaram e bocejaram também.

Moomin Mãe empurrou a cadeira para dentro da água.

– Tenha cuidado! – gritou a criaturinha. Estava sentada no alto do encosto, olhando ao redor, pois tinha lhe ocorrido que podiam encontrar alguma coisa de valor flutuando na água, depois da enchente. Por exemplo, um baú cheio de joias. Por que não? Mantinha os olhos bem atentos e, quando via algo cintilante na água, falava alto, animada:

– Vá naquela direção! Há alguma coisa brilhando ali!

– Não temos tempo pra pescar tudo o que está flutuando por aí – dizia Moomin Mãe, mas mesmo assim remava na direção indicada, porque era uma mãe muito boa.

– É só uma garrafa velha – disse a criaturinha, desapontada, depois de içar um objeto com o rabo.

– E sem nada gostoso pra beber – disse Moomin.

– Mas... não estão vendo?! – perguntou a mãe, séria. – Isso é muito interessante, é uma mensagem em uma garrafa. Há uma carta aqui dentro.

Em seguida, tirou um saca-rolha da bolsa e abriu a garrafa.

Com as mãos trêmulas, abriu a carta sobre os joelhos e leu em voz alta:

> Cara pessoa que encontrar esta carta,
> Por favor, faça o possível para me resgatar!
> Minha linda casa foi levada pela enchente, e agora estou sentado em uma árvore, sozinho, com fome e com frio, enquanto a água sobe cada vez mais.
>
> Um moomin infeliz

– Sozinho e com fome e frio – disse Moomin Mãe, e chorou. – Oh, meu pobre Moomin querido, seu pai deve ter se afogado há muito tempo.

– Não chore – disse Moomin. – Talvez ele esteja sentado em alguma árvore aqui bem perto. Afinal, a água está baixando tão rápido!

E estava mesmo.

Aqui e ali, pequenas colinas, cercas e telhados já começavam a apontar na superfície, e os pássaros cantavam a plenos pulmões.

A cadeira balançou devagar na direção de um morro onde várias pessoas corriam de lá para cá, puxando seus pertences para fora da água.

– Oh, é a minha cadeira! – gritou um grande hemulen que estava juntando sua mobília de jantar, na beirada da lagoa. – O que vocês pensam que estão fazendo, navegando por aí na minha cadeira?

– E ela se mostrou um barco ridículo! – respondeu Moomin Mãe, brava, pisando em terra firme. – Não ia querê-la por nada neste mundo!

– Não o irrite – sussurrou a criaturinha. – Ele pode morder!

– Bobagem – retrucou Moomin Mãe. – Agora venham comigo, crianças.

E saíram andando pela costa, enquanto o hemulen examinava o estofamento molhado de sua cadeira.

– Olhem! – gritou Moomin, apontando para um marabu que andava por lá, resmungando consigo mesmo. – O que será que ele perdeu? Parece ainda mais irritado que o hemulen!

– Criancinha insolente – disse o marabu, que tinha excelentes ouvidos. – Se você tivesse quase 100 anos e perdesse seus óculos, também não estaria de bom humor.

E deu as costas para eles, continuando sua busca.

– Agora venham – ordenou Moomin Mãe. – Temos de procurar seu pai.

Pegou Moomin e a criaturinha pela mão e se apressou. Depois de algum tempo, viram algo brilhando na grama onde a água tinha baixado.

– Aposto que é um diamante! – gritou a criaturinha. Mas quando olharam mais de perto, viram que era só um par de óculos.

– São os óculos do marabu, não são, mamãe? – perguntou Moomin.

– Devem ser – ela respondeu. – É melhor você correr de volta e levar pra ele. Mas vá depressa. O coitado do seu pai está sentado em algum lugar, com fome, molhado e sozinho.

Moomin correu o mais rápido que pôde, com suas perninhas curtas, até que avistou o marabu cutucando a água.

– Olá! Olá! – gritou. – Aqui estão seus óculos, Tio Marabu!

– Oh, quem diria?! – exclamou o marabu, muito contente. – Talvez você não seja uma criança tão travessa, afinal.

Pôs os óculos e virou a cabeça para um lado e para o outro.

– Preciso ir agora – disse Moomin. – Sabe, também estamos procurando.

– Sim, entendo – disse o marabu, com uma voz amigável. – Procurando o quê?

– Meu pai – respondeu Moomin. – Ele está no alto de uma árvore, em algum lugar.

O marabu pensou por algum tempo. Depois, falou firme:

– Vocês nunca vão conseguir sozinhos. Mas vou ajudá-los, porque você encontrou meus óculos.

Então, com muito cuidado, levantou Moomin com o bico, colocou-o em suas costas, bateu as asas algumas vezes e planou sobre o litoral.

Moomin nunca tinha voado e achou aquilo o máximo e um pouco assustador. Também ficou

todo orgulhoso quando o marabu pousou ao lado de sua mãe e da criaturinha.

– Estou à sua disposição para a busca, madame – disse o marabu, fazendo uma reverência para Moomin Mãe. – Se a família quiser subir a bordo, daremos partida imediatamente.

Primeiro ele ergueu Moomin Mãe e, em seguida, a criaturinha, que chiava de animação.

– Segurem-se firme – pediu o marabu. – Vamos voar sobre a água, agora.

– Acho que esta é a coisa mais maravilhosa que nos aconteceu até aqui – disse Moomin Mãe. – Uau!, voar não é tão assustador quanto eu pensava. Agora, procurem bem por Moomin Pai, olhem em todas as direções!

O marabu voou em grandes círculos sobre cada topo de árvore lá embaixo. Havia muitas pessoas sentadas entre os galhos, mas nenhuma era quem procuravam.

– Vou ter de socorrer aqueles monstrinhos mais tarde – disse o marabu, que tinha ficado realmente inspirado pela expedição de busca. Voou de um lado para outro sobre a água por um longo tempo. O sol começava a se pôr, e tudo parecia sem sentido.

De repente, Moomin Mãe gritou:

– Lá está ele! – E começou a balançar os braços com tanta força que quase caiu.

– Papai! – gritou Moomin, e a criaturinha gritou também, por pura solidariedade.

Lá embaixo, em um dos galhos mais altos de uma enorme árvore, estava sentado Moomin Pai, com o olhar perdido na água. Ao seu lado, tinha amarrado uma bandeira de socorro. Ficou tão surpreso e feliz quando o marabu pousou na árvore e toda a família desceu nos galhos que não conseguiu dizer uma palavra.

– Agora nunca mais vamos nos separar!
– Moomin Mãe fungou e o abraçou. – Como
você está? Está gripado? Por onde andou todo
esse tempo? A casa que construiu era linda?
Você pensava sempre na gente?

– Era uma casa linda, infelizmente – respondeu Moomin Pai. – Meu querido filhinho, como você cresceu!

– Bem – disse o marabu, que estava começando a se emocionar. – É melhor eu levar vocês pra terra seca e tentar resgatar mais gente, antes do Sol se pôr. É muito prazeroso socorrer as pessoas.

E levou-os de volta para a costa, enquanto todos falavam ao mesmo tempo sobre as terríveis coisas pelas quais tinham passado. Ao longo de toda a costa, as pessoas tinham acendido fogueiras para se aquecer e cozinhar, pois a maioria tinha perdido suas casas. O marabu deixou Moomin, seu pai, sua mãe e a criaturinha ao lado de uma das fogueiras e, com um adeus apressado, saiu voando sobre a água de novo.

– Boa noite – disseram os dois tamboris que tinham acendido o fogo. – Sentem-se, a sopa vai ficar pronta logo.

– Muito obrigado – disse Moomin Pai. – Vocês não imaginam que casa maravilhosa eu tinha antes do dilúvio. Toda construída por mim mesmo. Mas se conseguir uma nova, serão sempre bem-vindos.

– Era muito grande? – quis saber a criaturinha.

– Três quartos – respondeu Moomin Pai. – Um azul da cor do céu, um amarelo da cor do sol e um pintado de bolas. E um quarto de hóspedes no sótão pra você, criaturinha.

– Você realmente esperava que morássemos lá também? – perguntou Moomin Mãe muito contente.

– Claro – ele respondeu. – Sempre procurei por vocês, em todos os lugares. Nunca me esqueci do nosso querido velho aquecedor.

Ficaram sentados e contaram histórias sobre suas experiências e tomaram sopa até a lua aparecer e as fogueiras começarem a se apagar ao longo da costa. Depois, pegaram uma coberta emprestada com os tamboris, grudaram uns nos outros e dormiram.

Na manhã seguinte, a água tinha baixado bastante, e eles saíram para o sol de ótimo humor. A criaturinha dançou na frente de todos e deu um laço em seu rabo, de tão feliz que estava. Durante todo o dia, eles caminharam, e todos os lugares por onde passavam estavam lindos, pois, depois da chuva, as flores mais maravilhosas tinham nascido, e as árvores tinham flores e frutas. Só precisavam balançar de leve uma árvore para uma fruta cair a seus pés.

Finalmente, chegaram a um pequeno vale, mais bonito que qualquer outro que tinham visto naquele dia. E lá, no meio do campo, havia uma casa que parecia um aquecedor muito alto, elegante e pintado de azul.

– Uau, aquela é a minha casa! – gritou Moomin Pai, fora de si de alegria. – Ela deve ter flutuado até aqui!

– Viva! – gritou a criaturinha, e todos correram para o vale para admirar a casa.

A criaturinha até subiu no teto e gritou ainda mais alto, pois encontrou, na chaminé, um colar de grandes pérolas de verdade, que tinha se dependurado ali durante o dilúvio.

– Agora estamos ricos! – ela gritou. – Podemos comprar um carro ou até uma casa maior!

– Não – disse Moomin Mãe. – Esta é a casa mais linda que poderíamos ter.

Pegou Moomin pela mão e entrou no quarto azul da cor do céu.

E ali, naquele vale, eles passaram a vida inteira, exceto por alguns períodos em que saíam de lá e viajavam – para variar um pouco.

(1914 – 2001)

TOVE JANSSON nasceu em agosto de 1914 e cresceu em Helsinque, na Finlândia. Sua família, parte da minoria que fala sueco no país, era artística e excêntrica. O pai de Tove, Viktor, foi um dos maiores escultores da Finlândia, e a mãe, Signe, fazia projetos gráficos e ilustrava livros, capas, selos postais, cédulas bancárias e tirinhas políticas.

Quando jovem, Tove estudou Arte e Design na Suécia, França e Filândia, onde escolheu voltar a viver. Na década de 1940, trabalhou como ilustradora e cartunista para várias revistas nacionais. Durante esse tempo, começou a usar um personagem parecido com um moomin, como um tipo de marca registrada de seus quadrinhos. Com o nome de Snork, essa versão inicial de Moomintrol era magra, com um nariz comprido e fino, e um rabo diabólico. Tove disse que o tinha desenhado em sua juventude, tentando criar "a mais feia criatura possível".

O nome "Moomintrol" apareceu como uma piada: quando Tove estava estudando em Estocolmo e morando com familiares suecos, seu tio disse que um "Moomintrol" vivia na despensa e soprava vento frio no pescoço das pessoas, para fazer com que ela parasse de "roubar" comida da cozinha.

Tove publicou o primeiro livro da série Moomins, *Os Moomins e o dilúvio*, em 1945, escrito em 1939. Apesar de as personagens centrais serem Moomin Mãe e Moomin Pai, a maioria das personagens só foi introduzida no livro seguinte. Assim, *Os Moomins e o dilúvio* é considerado um "pré-série".

A consagração chegou com a publicação de *Um cometa na terra dos Moomins*, em 1946, e *Os Moomins e o chapéu do mago*, dois anos mais tarde. Os livros logo foram publicados em inglês e em outras línguas, e assim começou a ascensão internacional dos Moomins.

Tove Jansson morreu em junho de 2001. Os muitos prêmios que recebeu como autora e artista incluem o Prêmio Hans Christian Andersen, em 1966, do IBBY (International Board on Books for Young People), por sua contribuição, durante toda a vida, para a literatura infantil, e duas medalhas de ouro da Academia Sueca.

Esta obra foi composta com a tipografia Electra e impressa
em papel Off-White 80 g/m² na gráfica Rede.